ユニヴェール 8

地獄谷

JN206378

日置俊次
Shunji Hioki

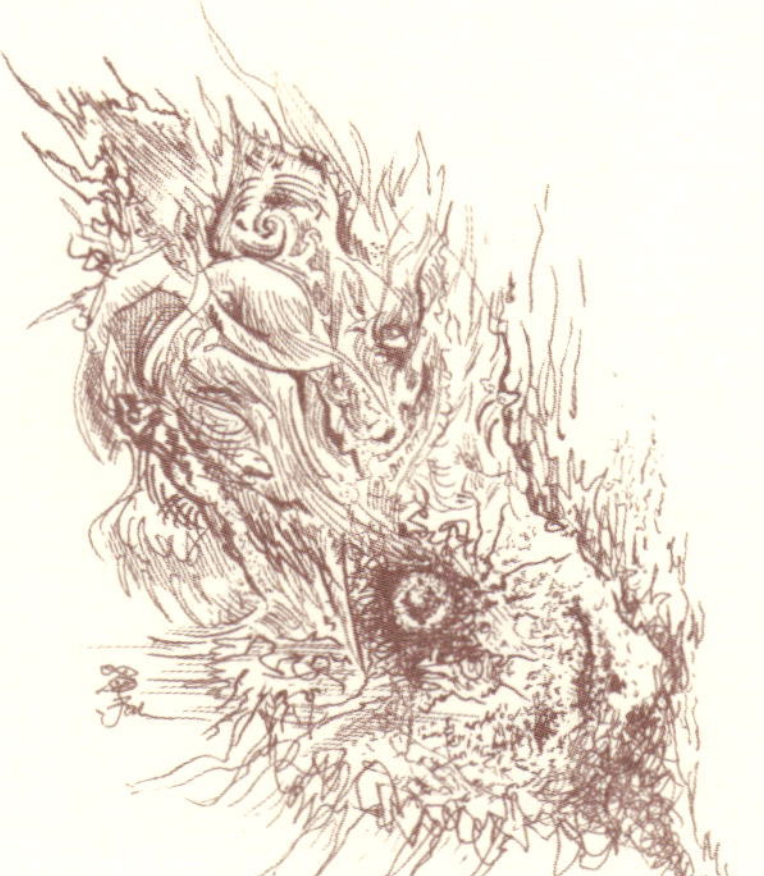

書肆侃侃房

地獄谷＊目次

装画　権藤凱暁
装幀　宮島亜紀

地獄谷

この声を聴くためわれは

初めての台北は雨……指立ててゐる女性入国審査官が

人差し指スキャナに置けば「両手よ」と太き身振りで注意されたり

わが北京語のぶざまさは雨の空港にひとことも聞きとれず話せず

指紋とられ瞳にカメラあてられてからうじて越ゆる入国の柵

機内よりがまんしてをり強き雨感じつつ陸に厠所《トイレ》探さむ

「手紙《ショウジー》」とはちりがみのこと「人間《レンジエン》」とはこの世のこととおさらひ始む

「手紙《ちりがみ》」の流せる廁所《ツーソー》見つからず影だにあらずウォシュレットなど

ひとりなる空間にしばし息つきてブリキのバケツに手紙《ちりがみ》捨つる

「請把衛生紙丟入垃圾桶《ちり紙は屑入れに入れてください》」と壁にあるなり写真撮らむか

「手紙《ショウジー》」ではなく「衛生紙《ウエイシェンジー》」といふらしいトイレでひとり頷いてゐる

空港よりバスに乗るべしそのまへに命をつなぐ水を買はねば

混みあへるバスの車窓に煤けたるビルは群れ雨はぬつぺりと打つ

要塞のごとき台北駅の屋根われを迎へる雨にけぶりて

地下鉄を求めて穴に降りゆきぬわれをゆだねむ都市の深みへ

お茶もガムも厳禁なるこの地下鉄につばを飲み込む荷物かかへて

細き路地ゆく背後からわが左右バイクが数珠のごとく抜きゆく

一泊四千円のホテルは入り口がかたく鎖《さ》されて人影もなし

公衆電話見つけたり受話器に「ウオ・ザイ・デン・ダイ」と高く声あぐ覚悟を決めて

「我在等待《われはまつ》」と叫びたれども雨はまだやむ気配なし雷鳴ひびく

インドネシア人のメイドが太り肉《じし》のからだ揺らして鍵を持ちくる

鉄板のやうな玄関ドアが開き階段ほそく天へ続くか

五階へと暗き石段のぼりゆく病む腰にスーツケースかかへて

をどり場に置かれて黒き口あけて金爐《ジンルー》は紙銭の猛き火を待つ

刑務所のやうに明るき廊下ありいくつも部屋がならびをるなり

シャワーとトイレは使へさうなりわが部屋を占むるベッドに腰を伸ばしぬ

水道は飲めぬ国なりペットボトルの水ひとつ卓に転がりてをり

冷凍室もたざる小さき冷蔵庫あるだけですこし心慰む

ブーンと響き立ててゐる空の冷蔵庫この温《ぬく》き声に耳澄ませをり

母親の赤き怒声す三度、四度、「ジャンハオ！」と同じ言葉が響く

「站好《立ちなさい》！」とふ重き声なりひえびえと畏怖覚えたり母のその声

この声を聴くためわれはタイペイまでやってきたのだ。窓を開けたり

路地で子が叫ぶ「ブヤウ」の韻律が胸に沁みくる　雨はあがりぬ

「不要《いやだよう》！」と叫びを漏らす幼子は手を引かれつつ角に消えたり

われもまたをさなごとしてあの角に消えむかつひに立ち上がるなり

傘を干しペットボトルの水をもち金紙《ジンジー》のくゆる街へ下りゆく

お向かひのマッサージ師が路に立ちひまさうにずつとわれを見てゐる

あちこちに台が生まれてグアバーやパインやコーラがところ狭しと

全家《チュエンジャ》とふコンビニはファミリーマートなりドアあけば懐かしき色彩ぞ

コンビニに爽健美茶もおーいお茶もみんなあるなりかつぱえびせんも

日本語のラベルのままのシャンプーとリンスを買はむ薔薇のかをりの

通りすがりの屋台にドラゴンフルーツの値を聞きてつひにわがものとする

火龍果《フォロングオ》に紅白ありてわれの手のドラゴンはどんないろかも知らず

百円均一のごとき店ありナイフ買ふたやすさよ日本の常連われは

ツナおにぎりは日本のそれと変はらねど味付け海苔が巻いてあるなり

コンビニのパパイヤミルク三十五元ヤクルトの味を思ひつつ飲む

紅きドラゴンフルーツを食む翌朝の便は真つ赤に染まりをるなり

コインランドリー

けふも雨とたんの屋根を朝早く打ちやまず　ばたたん　どどばん　ばだん

一週間シーツは替へぬといふメイド笑顔がなかなか強情である

「コインランドリーがあるよ」と笑ふメイドなり太き指にて路地を指したり

路地の奥なるほどコインランドリーはあるなり新鮮な機械揃へて

洗剤も機械がくはへてくれるらしいアタックの粉を持ちて来たれど

六分で十元といふ両替機も備はり畏敬の念起こりたり

ポケットのティッシュに用心すべきなりややこしくなる抜き忘れると

雨上がりのコインランドリー濡れそぼつジーンズもシャツも一気に乾く

ＯＬ風の細身の女性が眼鏡かけ奥から出てくる帳簿抱へて

われが手ににぎりたる部屋の鍵を見て「私がホテルのオーナーよ」といふ

ボールペンを胸ポケットに指したまま洗ひたりシャツに染みが生《あ》れたり

祖国ではいつもくりかへす過ちをはやばやと犯す台北にきて

洗濯は趣味といはむかおのが着る服を清める愉しさに笑む

龍の飛ぶ街

龍たちがこんなに多くざわめきてわが胸そこに波紋ひろがる

保安宮なる廟《ミャオ》を見てゐる　反り返る屋根に飛ぶ龍数へられない

極彩色にいりくんだかほの龍がゐるああ龍よ会ひにきましたわれは

銅鑼鳴りて声明と呼ぶもはばかるるにぎやかさなり読経なるらむ

赤き龍巻きつく柱の拡声器より流れくる読経浴びたり

ＮＨＫのど自慢のごとき読経なり下町は中元節《ジョンユエンジエ》の祭りぞ

龍よああ空飛ぶ龍よなにゆゑに身をよぢるわざ示すやわれに

珍珠奶茶《ジェンジューナイチャ》、大杯《ダーベイ》、去冰《チュービン》

また下見のためにおとづれ台北の街歩むなりいつもの雨の
台北はいつも雨なり雨降ればわがのどはつひに渇きはじめる

スタンドでタピオカミルクティ求む女店員が笑む「好《ハオ》！」と洩らして

ああ「ジェンジューナイチャ、ダーベイ、チュービン」ぞ魔法の呪文よわれに答へよ

ミルクティーはいつでも氷抜きとせむカップになみなみ注ぎくれるよ

わが祖国のＬよりはるかにおほきいがそれでも大杯を注文すべし

美しく蓋の貼られし満たんのミルクティーＣＯＣＯは三十元なり

ストローの太きを刺してタピオカの黒き真珠を吸ひあぐるなり

地獄谷に棲む

つひに赴任したるなりこの台北に椰子の木揺るる雨の都会に

新北投《しんべいとう》に光明路《くわうみやうろ》とふ通りあり居を定めむか光もとめて

「汽車入口」と表示がありて汽車であるベンツとカローラが入りてゆくなり

「機車《ジーチャー》」はオートバイなりどの道も無数の龍のごとく駆けをり

意地悪な人もジーチャーと呼ばるるをそれでもなくてはならぬジーチャー

水汲まむと地下に降り立ち駐車場の匂ひにしばしやすらぎてをり

オートバイに水色の合羽かけられてキティのヘルメットが重しなり

ポルシェをりアウディもをりニッサンもをりてぬくぬく居眠りするか

郵便局の屋上に緑の制服が干されて初夏の風に手を振る

温泉の博物館ある公園が駅まへにのびる街を愛さむ

北投公園の坂のぼりつめ揺れやまぬ楠の下なる門をくぐりぬ

エメラルドの光広がりもうもうと湯気わきてをり地獄の谷に

やすやすと地獄に入りて湯気のなかわれは地獄となりて立ちをり

萬應公の小さき廟あり樹々揺れてそは恐ろしき陰廟といふ

湯気あびて線香ともし陰神か地獄か知らず自我偈読むなり

釈迦を呼ぶ地獄ぞわれはかなたよりひびきくるその地獄呼ぶ声

ふるへつつおそれつつわれは立ち去りぬ光明路《グアンミンルー》を小走りに駆け

銅鑼鳴りて爆竹はぜてチャルメラの響きして行列が来るなり

光明路を媽祖の使ひの千里眼、順風耳手を振りてのぼりく

閻魔様の獄卒七爺《チーイエ》、八爺《バーイエ》が歩み来るなりわれを探して

水晶

エメラルド色の巨大な水晶が湯気立ててわが瞳をおそふ

手の届きさうなみなそこの砂が沸く面向不背の玉抱くごとく

地獄谷を手でつつむ夢ながれゆく柵にぎり立つわがまなかひに

湯気はみな龍ならむその水晶に映るなりわが暗き眼窩が

龍はみな裂けゆく痛みわれもまた煮え湯のごとき時経て来たり

ひとつばたご

真つ白き蜻蛉の翅のやうな花空に噴き出すひとつばたごよ

ふるさとの木曽川の辺なり初めてのひとつばたごの花に逢ひしは

幼き日やはりわれより背の高きその木の花のもぢやもぢや恐る

珍しき花と聞けども忘れたりそして四月の台北歩む

椰子ならぶ台湾大学キャンパスに雪をかぶりしごとき樹の見ゆ

流蘇樹とふ札ありにけり台湾のひとつばたごはタッセルの樹なり

台北の空をふちどるタッセルの群れの強情な白さすさまじ

男子学生ばかりがスマホを天に向け雪の女王のごとき枝撮る

なんぢやもんぢやと呼ばれをりしを思ひ出しなんぢやもんぢやと呼びかけてをり

脚見せて自転車をこぐ娘らに追ひ越されゆくキャンパスまぶし

四月八日

紅白の躑躅見てゐるわがうへに台湾シロガシラさへづりやまず

クロッグミかと思へどさへづりがちがふシロガシラ白き頭《かしら》を揺らす

ヒヨドリに似る影がわれに繰り返す　ぴいぴぴい　ぴぴい　ぴぴぴい　ぴぴい

あの庭を思ひだすなり若き日の夏の午後なりヒマラヤスギの

パリに学ぶわれを癒してくれたるは寮の庭なるクロツグミの声

コインランドリーの外でさへづりやまぬ鳥シロガシラわれを待ちくれるのか

乾燥機に入れたるマフラーごはごはに縮んでフェルトのごとき板なり

リンスにも柔軟剤にもつけおきてつひにマフラーは板のままなり

街角に灌仏会見ゆ赤まとふ信徒らが汲みてくるるは水か

釈迦像の頭から水をかけむとしそんな非礼なと止められてをり

祭壇

柄《え》の赤き線香焚かむ祭壇を定めて母の写真を立てて

水そなへキャラメルそなへ飴そなへグラスに米をしきつめて置く

線香は花火のやうに細長く竹の柄を白き米にさすなり

日がゆけばグラスの米に線香の赤き柄ばかり林立しをり

媽祖様のお札も祀り観音経あさなさな小声でとなへ謝すなり

観音はどの寺廟にも祀られて街にも札がおびただしくて
「南無観世音大菩薩」のふだ街かどで見かくるたびにそつと微笑む
菊の花ピンクや青に染められて売られをりいつも黄菊を選ぶ

黄菊だけは染められてをらずそのままの花なり五本に百元はらふ

おばあちゃんはおまけだといひちぎれたる白百合の花の首をくれたり

ゆりの首するりとひらきをしべ摘む祭壇すこしなまめき光る

月初めと月半ばなりかく並び立つ極彩の祭壇嬉し

大中小の金紙を燃やし積みあげよ出前一丁も火龍果《フォロングオ》も

クラッカーやポテトチップも置かれたりキャラメルの黄いろき箱もあるなり

ああ母よ癌に苦しみ骨と皮だけになりたり　まだ胸が痛い

薬のにがさに顔をしかめてキャラメルでなんとかごまかしてをりたり母は

吐き気ばかり何一つ食べられなくなりし母を思《も》ひつつ卵かけごはんを食べる

老といふ言葉の不思議

「娘《ニャン》」それは母のことなり子と生《あ》れし娘《むすめ》は前世の妻であるといふ

老娘《ラオニャン》は「あなたの母である私」といふニュアンスなれど汚き語なり

女性が「おれ」といふやうなものラオニャンのごとき言葉はあまたあるなり

「老婆《ラオプオー》」は妻なりいくら若くても老いてゐるあたれの知恵なるや

われいまだ老いてはをらねど「老師《ラオシー》」と呼ばるることをいかんともせむ

若くてもネズミは「老鼠《ラオシュー》」でありにけりトラも「老虎《ラオフー》」でありにけるかな

老牛といはず老龍とはいはず鼠、虎なにゆゑ老といはるる

「老鷹《ラオイン》」は空飛ぶ賢者されどまた若き賢者も飛ぶはずきつと

老毛病《ラオマオビン》は持病のことなり腰痛が老毛病なる老師ぞわれは

胸そこの痛みごまかし教壇に立つ中年の笑みなり老いは

一炊の夢よ醒むるなわが宿の菊のしら露したたるままに

レッドドラゴン

サボテンの実といふドラゴンフルーツを市場でひとつ百元で買ふ

ドラゴンの燃ゆる鱗と呼ばれたる赤き実を胸に抱きて帰る

燃えあがる炎の舌に包まれたこの実よ舌を溶かす甘さか

手榴弾のごとくみつちり重き実の火龍果《フォロングオ》に刃を入れてゆく

恐れつつ両断したりびつしりと赤き身につまる黒き種見ゆ

舟形に切り分けたればやすやすと皮は剝けたり火を脱ぐごとく

ひとかけら口に入れたりあつさりとやはらかき身に味なきごとし

黒ゴマを散らした味のなき羊羹このあはさこそ龍の秘密か

ホワイトドラゴン

重ければ重いほどよく赤ければ赤いほどよし火龍果は

値の高きドラゴン安きドラゴンの間で迷ふ赤き実は燃ゆ

赤龍と白龍やうやく見分けられるやうになりたり市場の喧騒浴びて

果物を買ふは賭けなり切り割きて当たりかどうか未だ知られず

がさがさのぬるぬるのホワイトドラゴンの恐ろしき皮たはやすく剝く

キウイのごとく果肉に散らばる黒き種プチプチと噛み白龍を食む

甘露なる「当たり」がまれにあるといふそれまでいくつ龍を食むべき

くまぜみ

ガジュマルの樹にくまぜみの鳴きしきる宵なり月夜のプールに行かむ

高き樹にあふれむばかりとりどりのせみの声入り乱れて咲《ひら》く

子の多き公園に虫捕り網を見ずせみに聞き入るものもをらぬか

一切のせみの鳴かざる時が来て樹もわれも陽に溶けてゆくなり

声を聞き分けてどうなるものでせうといふ学生とせみの歌浴ぶ

街ゆけばゴキブリよぎり蝶は飛び一斉にコホロギが鳴き出す

虫が多すぎて鳴き声はげしくて若きらは虫を何も知らざり

コホロギの鳴きまねをせむドアまでも網戸仕様の教室に立ち

網を手にかけまはりたる日に帰り羽うすく透くせみへ近よる

手の触るるまぎはに飛ぶか蟬声の重さ失ひ樹はゆらぎたり

くまぜみのわしわし鳴きてゆづらざる異国の街にゆふだちが来る

台北の夜

吹き抜けの駅ホームより見下ろしぬ七虎公園《チーフーゴンユエン》を駈ける犬たち

鳩山邦夫の訃報届きぬ椰子しげる公園にけふも舞ふ青き蝶

その大きな顔と毎日会つてゐた本郷三丁目の駅降りて

赤門へ通ふ年月鳩山氏のほのぼのと笑むポスター見つつ

本郷の鳩山事務所は「長野県人会」でもありてなにかわからず

蝶好きとある日知りたり馬場先生に「有名だよ」とたしなめられて

ホッポアゲハの青き鱗粉浴びながら『銀河鉄道の夜』を読むなり

ヅグロミゾゴヰいつも一人で立ちつくし一人のわれをぼうつと睨む

北投公園を歩む

大笨鳥《ダーベンニャオ》とひどい名前で呼ばれをり絶滅危惧種の大馬鹿鳥は

大学の大王椰子の並木より声かけるけふもヅグロミゾゴヰに

ポケモンGOの画面光らせ公園の夜にわかものが舞ふ蛾のごとく

このあたりよきポケモンの棲むらしく中年もスマホ手に迷ふなり

ミゾゴヰはポケモンなるに声かけるものはわれのみわがミゾゴヰよ

老人もポケモンを狩るをさなごは目を輝かす風船売りに

ピカチュウの風船浮かぶ値を聞けば百元といふマンゴより高し

「海龍《ハイロン》！」といふ声がして一斉に駆け出す群衆椰子の間をぬけ

蟬の鳴く夜も鳴かぬ夜もずつしりとつめたき米漿《ライスミルク》と帰る

孤を好む海龍われの坂登る尾をすり抜けて群衆走る

七月の炎

鳳凰樹《フォンファンシュウ》の高みに毒ある赤き花燃えて熱風吹き下ろすなり

これが旬といふものなるや火龍果五個百元の笊もあらはる

ふおろんぐお毎日買ひてこの龍の深き甘さよつひに逢ひたり

七月のレッドドラゴンかくまでも甘きものとは思ひもよらず

追熟を知らぬ果実ぞつやのある火の玉選びすぐ食すべし

マンゴまた甘味を増せどさほど値はさがらず年初の雪のせゐなり

ふおろんぐお食せば二時間後の便意かくも激しく狂ひもあらず

母の死はいまも胃の腑にひつかかりかかさず読経と火龍果と

笹掻き

刀削麵切る刺青を笹掻きは怖くてできぬわれがみてゐる

カトラリーといふものあらず丸箸と辣《ラー》だけ置かるる席に安らぐ

使ひ捨てのうすきレンゲをしならせてパインのまじる炒飯すくふ

ドラッグストアのワトソンに養命酒あり太田胃散ありアリナミンあり

化粧品係の女店員叫ぶがに客を批評すメガネ光らせ

背の高き女店員よりカンパンがあるよと指されて店をでるなり

頬の染みたしかにあれど左にはなきゆゑつひに肝斑にあらず

この国ではかくも難しきことなれど強き日差しを気にしてあゆむ

染めてなき黄菊を選りてけふも買ふ青や緑にいまだなじめず

豆花《ドウファ》のあはきぷりんのもやもやのやうなかをりをレンゲですくふ

刺青も龍も菊花も極彩のうづまきて飾るわが台北を

四角き碁石

台湾の薬や医療のもろもろに乱舞するなり「華佗」の名まへが

腕を柱に縛りつけると華佗はいふ要らざるわざと関羽は断ず

手術受くるあひだ関羽は泰然と馬良を相手に碁を打ちてをり

四角なる碁石を置きてほぼ四角なる顎髭をしごきをりたり

文芸も音楽も兵器も建築も医学すらよくする曹操あはれ

美髯公の首ににらまれ万能の曹操もつひにおぞけ立つなり

亡霊の関羽に身の毛よだちつつ曹操崩る脳のうちより

曹操は囲碁の名人されど手を読み違へしこと一度あるなり

脳腫瘍に苦しみやまぬ曹操を癒したり華佗は陰鬱な目で

頭部切開の申し出に怒り曹操は華佗を殺しぬ拷問ののち

龍山寺の右奥にある祭壇は華佗《フワトゥオ》なり龍と合掌をせむ

失恋

ケータイを見つむるものらわが町に蝟集す灯火の虫となりはて

ポケモンのゲームにひたる群衆が毛虫のごとく電波食ふなり

パソコンのインターネットがのろのろと表示をこばむ晩がはじまる

火龍果を切れば真つ赤な果肉より白きいも虫顔を出すなり

もうひとつ切ればやつぱり蛆に似る白きいも虫顔を出すなり

これほどの甘さなるゆゑいも虫もゐるだらうされど赦し得ぬなり

ふおろんぐお捨てても捨てても休まらぬこの心ああ失恋したり

龍の子は白き芋虫そのやうな冗談をいふ余裕もあらず

しばらくは食べられなくなる火龍果そのうち旬は過ぎてしまひぬ

やうやくに選びに選び洗ひたる一果を手にし長く見つめぬ

火龍果を細かく切りて虫の有無確かめたしかめそつと食むなり

赤い封筒

真つ赤なる封筒が道に落ちてをり決して触れてはならぬ封筒
お祝ひ金包む封筒それゆゑに拾ひたくなるその赤きいろ

警察も手出しができず死者の身内必ずどこかで見張つてゐるはず

死者と婚姻させられるのだあの赤き運命を軽々につまみあぐるは

外国人でも逃げられぬとふ封筒は赤い糸なり手錠のごとき

月を飲み干す

果物屋からマンゴの姿消え去りて青みを帯びるポンカン並ぶ

ポンカンのポンはインドの街ポーナ　カンに日本の蜜柑を思へ

ぶかぶかと皮へこむときポンカンを少し憎みぬ蜜柑恋ひつつ

乾きたる果肉が怖し手で触れて選ぶこと市《いち》に許されてをり

百元で三斤八個買へるなり青と橙の星拾ひよす

瓤囊《じやうなう》は半月のごとき小袋ぞしづくのたまる月を飲み干す

瓤囊といふ半月にひとつふたつ隕石のやうに種沈みをり

半月のなかの砂瓤《さじやう》はつぶつぶと涙の形して濡れてをり

空飛ぶ雲はすべて龍

媽祖廟の屋根にふかぶか身をそらせ龍たちはいふ撓れしなれと

空に雲ありてちぎれて龍の顔見せてくれたり胸が躍るよ

龍ながれまた流れゆきくづれゆき新樹に降らすあをき光を

あの雲もこの雲もわれに咆哮す空飛ぶ雲はすべて龍なり

龍山寺の屋根に降りたる龍たちの七色のうろこけふも光りぬ

雲龍に会ふためわれはここに立つ行天宮のまばゆき庭に

雲の渦にやがてまなこの生《あ》れゆくを待つなり収驚《ショウジン》を終へたる身にて

天がける雲は龍なり見下ろされそのおほきさにひれふすわれは

さらなる悪夢

市場には黒や茶の犬が何匹も人かき分けて行き来してをり

茅いろの雌犬をりて愛犬のルメに似てゐる情けなき目が

post card

恐れ入りますが、
切手をお貼り
ください

810-0041

福岡市中央区大名2-8-18
天神パークビル501
システムクリエート(有)内

書肆侃侃房 行

□ご意見・ご感想などございましたらお願いします。

※書肆侃侃房のホームページやチラシ、帯などでご紹介させていただくことがあります。
不可の場合は、こちらにチェックをお願いします。→□　※実名は使用しません。

書肆侃侃房　http://www.kankanbou.com　info@kankanbou.com

■愛読者カード

このはがきを当社への通信あるいは当社発刊本のご注文にご利用ください。

□ご購入いただいた本のタイトルは？

□お買い上げ書店またはネット書店

□本書をどこでお知りになりましたか？

01書店で見て　02ネット書店で見て　03書肆侃侃房のホームページで
04著者のすすめ　05知人のすすめ　06新聞を見て（　　　新聞）
07テレビを見て（　　　）　08ラジオを聞いて（　　　）
09雑誌を見て（　　　）　10その他（　　　）

フリガナ
お名前　男・女

ご住所　〒

TEL（　　）　FAX（　　）

ご職業　年齢　歳

□注文申込書

このはがきでご注文いただいた方は、**送料をサービス**させていただきます。

※本の代金のお支払いは、郵便振替用紙を同封しますので、本の到着後１週間以内にお振込みください。
銀行振込みも可能です。

本のタイトル	冊
本のタイトル	冊
本のタイトル	冊

合計冊数　冊

ありがとうございました。ご記入いただいた情報は、ご注文本の発送に限り利用させていただきます。

KANKANBOU

http://www.kankanbou.com

2018.5.1

vol.72

侃侃房だより

文学ムック「たべるのがおそい」vol.5

国内ガイド

ジャズを愛する人々への旅、日本最南端へ

「沖縄ジャズロード」 田代俊一郎
A5並製128頁オールカラー
定価：本体1500円＋税
ISBN978-4-86385-201-3

「九州ジャズロード」増補改訂版 田代俊一郎
B6並製272頁オールカラー 定価：本体1600円＋税
ISBN978-4-86385-131-3

「四国ジャズロード」 田代俊一郎
A5並製176頁オールカラー 定価：本体1800円＋税
ISBN978-4-86385-160-3

「山陰山陽ジャズロード」 田代俊一郎
A5並製224頁オールカラー 定価：本体2000円＋税
ISBN978-4-86385-077-4

「福岡音楽散歩」ライブハウスの人びと 田代俊一郎
A5並製192頁オールカラー 定価：本体1600円＋税
ISBN978-4-86385-015-6

カフェ・喫茶散歩シリーズ

出かけよう、東京の森へ。そして癒しのカフェへ。

「東京の森のカフェ」 棚沢永子
A5並製144頁オールカラー
定価：本体1300円＋税
ISBN978-4-86385-268-6

「千葉の海カフェ」 沼尻亙司
A5並製144頁オールカラー 定価：本体1300円＋税
ISBN978-4-86385-196-2

「広島カフェ散歩」 河野友見
A5並製144頁オールカラー 定価：本体1300円＋税
ISBN978-4-86385-180-1

九州のカフェ散歩
A5並製144頁オールカラー
定価:本体1300円＋税

「北九州カフェ散歩」 久原茂保
「福岡カフェ散歩」 上野万太郎
「佐賀カフェ散歩」 ドアーズ
「長崎カフェ散歩」 坂井恵子
「大分カフェ散歩」 小田恵理佳
「熊本カフェ散歩」 三角由美子
「宮崎カフェ散歩」 内村 葉
「鹿児島カフェ散歩」 大矢幸世

「山口カフェ散歩」 國本 愛
A5並製144頁オールカラー 定価：本体1300円＋税
ISBN978-4-86385-206-8

「横浜カフェ散歩」 MARU
A5並製144頁オールカラー 定価：本体1300円＋税
ISBN978-4-86385-198-6

「岡山カフェ散歩」 川井豊子
A5並製144頁オールカラー 定価：本体1300円＋税
ISBN978-4-86385-181-8

「沖縄カフェ散歩」 高橋玲子
A5並製144頁オールカラー 定価：本体1300円＋税
ISBN978-4-86385-163-4

「兵庫カフェ散歩」 塚口 肇
A5並製144頁オールカラー 定価：本体1300円＋税
ISBN978-4-86385-171-9

「愛媛カフェ散歩」 トミオカナミ
A5並製144頁オールカラー 定価：本体1300円＋税
ISBN978-4-86385-145-0

「熊本の海カフェ山カフェ」 三角由美子
A5並製144頁オールカラー 定価：本体1300円＋税
ISBN978-4-86385-104-7

ルーウエイの屋台にかよひ太りたるをばさんに犬は鶏肝《ジーガン》もらふ

ブロッコリー茹でても苦くて食べられず茎なる黒き筋に気づきぬ

百元も払ひて吟味したはずがブロッコリー病むごみ箱に投ぐ

何をたべてしまつたのだらうかポンカンを食めば奇妙な猥雑さあり

腐りたるやうな余韻が舌を這ふこはいかにしてポンカンの味

ポンカンの小袋を裂けばくつくつと細かき蛆が跳ねてでるなり

買つてきたすべてのポンカンを剝きてみるどの実にも虫が跳ねてゐるなり

果物屋は知つてゐたはずをばさんのあの笑顔やがてトラウマとなる

専門の屋台のおぢいさんに聞く今年はポンカンあまり実らず

農薬をケチつてまかずざわざわと虫のたかる実が出まはつてゐる

市場なる賑はひはつひに戦場なり目と指を研ぎすまして歩む

龍が玉にぎるごとくに果実もち天へ咆哮するなりわれは

臭豆腐

八角《バージャオ》と香菜《シャンツアイ》を愛す最初から馴染んでゐたわけではないけれど

香菜《パクチー》はカメムシサウともいふけれど日本にパクチスト増えてゐるらし

コンビニに満ちたる茶葉蛋《チャーイエダン》の香に安らぎてをり椰子をくぐりて

蜘蛛の巣のごと罅はしる茶葉卵その線を、深き鳶いろを撫づ

臭豆腐《チョウドウフ》と茶葉蛋《チャーイエダン》が好物ぞもやもやとせし時もあれども

士林夜市《シーリンイエシー》と艋舺夜市《モンジャイエシー》にて出会ひたる麻辣臭豆腐《マーラーチョウドウフ》忘れ難しよ

小さき土鍋に寝そべる熱き臭豆腐さつぱり香る白菜漬も

臭豆腐のにほひに黄色き悲鳴あげ逃げゆく日本人観光客あり

内用《ネイヨン》は店で食べること持ち帰りは外帯《ワイダイ》といふ値はおなじなり

食べきれぬときは「打包《ダーバオ》」ビニールの袋に入れて封してくれる

スープでも打包できる台湾の懐の深さ身に沁みるなり

鍋一つ

カセットコンロに鍋一つある有難さ今宵も滷味《ルーウエイ》の煮込みを作る

大根とエリンギと湯葉は必須なりあとは余りの野菜つめこむ

カニカマはすぐにふくれてばらけるがウインナーはやはり頑強である

黒ずんだスープには王子麵《ワンツーミエン》なり噴きこぼれさうになつてしまふが

麻婆豆腐ほぼ名人の域にあり花椒《ファジャオ》がやはり決め手ならむか

市場にて買ひし雲呑茹でながら大蒜たつぷり酢醤油にたす

小皿しかないゆゑ今夜も鍋のまま食べてゐるなり出前一丁

地獄谷沸き立つ街にのつそりと独りで生きてまた雨を浴ぶ

路地

犬はみな放し飼ひなりたれもゐぬ路地にて出逢ふ影は恐ろし

二階には格子がありて物干し場が透けてゐるいつもの古き路地ゆく

師走でも陽は容赦なしアスファルトの路に光と影があらがふ

地をつかむやうに大きな黒犬がしやがむなり少し腰を浮かせて

奥ふかき路地のまんなか犬はいまはるかな宇宙をひねり出すなり

脚と腕交差させつつ尾を上げて犬はふりむく潤みたる目で

犬はみな大便のとき眉よせてカンガルーとなる跳ばむとするや

名も知らぬ台北の路地に黒犬はいまも涙す口ゆがめつつ

どこに跳べばいいかわからずされど飛ぶ覚悟秘めたる犬なりわれは

宇宙にはわれより大きな星がある　ことなど知らず真昼の底に

宇宙より大きなわれを見下ろして洗濯物が揺れてをるなり

最後の一葉

パソコンの画面にひとすぢ髪の毛がかかりたりされど仕事つづけぬ

ベアマンが煉瓦の壁に描きたる蔦の葉のごとく落ちざる髪よ

服役したる刑務所の名を筆名とせし薬剤師オー・ヘンリーは
服役のわけを生涯語ることなきままオーは酒に死にたり
液晶にわがほそき毛の朽葉いろの影まだ消えず　ああ　もう眠らう

窓たたく雨音にぶし目が覚めて思ひだしたり台北なるを

十二月の朝をふたたび蚊に刺され眠ることやつとあきらめにけり

蚊を恐れ蚊除けを塗りて冷房を入れたりさすがにすこし寒いが

冷房

ダウンコートとすれちがふわれもマフラーに包まれ台北の師走を歩む

十二月のけふは快晴　牛肉麵《ニョウロウミエン》の店には冷房が効き過ぎてをり

結露ひどき窓をひらけどわが部屋は乾かず街にはまた通り雨

三日旅行に出てゐただけで残したる革靴が黴にまみれてをりぬ

厚きコート着込む男もTシャツで歩む女もサンダルを履く

新月《シンユエ》と満月《マンユエ》はめぐり商店のまへにいつもの祈りはじまる

ミカン、リンゴ、パイナップルに菓子も積み盛大に金紙燃やし始めぬ

積み上げられしインスタント麵に刺さりたる線香ひどく煙吐きをり

羊雲

南京櫨にすこし亜麻色の葉がまじりしかし青々と師走がすぎる

桑の葉もあをあをとしてこの朝も七星公園《チーシンゴンユエン》にモンシロテフ舞ふ

師走にもひつじ雲あり教会の十字を越えて薄く群れたり

羊雲は銀のうろこよまざまざと龍の巨きさ教へくれたり

サル年が去りてニハトリ鳴かむとすけふも市場は人だかりなり

羊雲消えゆく空よ　来る年にわれは台北を去らねばならず

温泉の川のかたはらゆさゆさと柘榴みのりて春節迎ふ

青く澄みたれど魚《いを》らの影はなくかへるもをらず硫黄の川に

湯気立つる川を登ればシロガシラさへづりくるるピコロピコロロ《けふもあついよ》

うろこ雲ああ鱗ぐもうろこぐも宇宙より龍は白くて青し

わが家紋と同じ七星の名をかかげ芝生しかなき公園歩む

101《イーリンイー》の虹

台北に101はそびえたり節ありて棘もある塔として

いも虫が空を見上げて直立し角伸ばしたるごとき影なり

イーリンイーに虹がかかりぬ真昼間のその虹をまた雨が濡らしぬ

一番安いチケットで二千五百円するなり虹の塔に入るため

入場料高すぎてまだ登らざるイーリンイーへの道訊かれたり

キャンパスの大王椰子の樹の間より仰ぐ塔なりけふもぼやけて

イーリンイーを見れば曜日は分かるわと教へくれたる学生がをり

月は赤、火は橙で水は黄、木は緑で金は青なの

イーリンイー紫に燃ゆ冬なれど蒸し蒸しと風のなき土曜なり

虹の帯のいろの配置をそのままにイーリンイーは夜ごと照り映ゆ

イーリンイーの虹のこちらの椰子の間を山猫のやうなバスが駆けゆく

持つて出た雨傘なくしびしよぬれの少女に問へばトトロと答ふ

龍もまた七色にしてこの雨はその億万のうろこ散るなり

雨といふ龍のからだを浴びむとし傘ささずゆく椰子の樹よけて

菊

いつかわれは青く染まりし菊を買ひ緑の菊も飾りをるなり

おばあちゃんの屋台は黄菊売り切れて青と緑と残りしゆゑに

菊のよこに萬年竹を飾るなりイーリンイーも竹だと聞きて

ペットボトルを切りて作りし花瓶なり竹の芽は最初からみどりなり

よそものには見えざる力の黒斑にしびれもだゆるマンゴ剝くなり

翠玉白菜《チュエユバイツァイ》

春節を過ぎて寒波は来たりけり爆竹の音に目覚めしごとく

寒波襲ふ四日間すでに台湾は百五十人超ゆる凍死者を出す

友人の能楽師夫婦台北に遊びにきたりホッカイロ貼りて

懐妊中のお腹をコートで覆ひつつ能楽師の妻大きく笑ふ

われもひとつカイロもらひてタクシーを拾ふなり故宮博物館まで

故宮《グーゴン》とひとこと言へば年配の運転手すぐうなづきにけり

ドア開けてタクシーに乗りドア開けて降りることいまは疑ひもせず

元宵節を祝ふためなり入場料は無料だといふこの寒き日に

まづ白菜の眠る三階の部屋へ行くごつたがへして小さき白菜

肉形石《ロウシンシー》どこにもあらずいづこへか出張中だと係員いふ

夜市と能楽師

故宮よりタクシーに乗り雙連《シュアンリエン》へくりだすつひに空腹かかへ

霞海城隍廟《シャーハイチエンファンミャオ》に人波絶えずしてほのかに甘しその棗茶は

城隍夫人は家内円満浮気なども遠ざける神と夫婦に話す

寧夏夜市《ニンシャーイエシー》人ごみのなかの屋台街　能楽師夫人のひとみ輝く

頼雞蛋蚵仔煎《ライジーダンオーツージエン》のオムレツのたれ甘辛く人の世の味

阿婆飯糰《アーポーファントゥアン》揚げパン入りのおにぎりを買はむと並び一時間待つ

もち米で高菜、切干大根をくるみて包むくりかへし包む

劉芋仔《リョウユツー》の揚げタロイモに列は永しもちろん並びあつあつを食む

あつさりと甘さ控へめの揚げ団子飽きねど次第に腹の満ちくる

串焼きに悪魔鶏排《ジーパイ》アヲガヘルの愛玉ゼリー、ああ麵にしますか

能楽師に今年の公演尋ねたり安達ケ原とふ寒き名ひびく

鬼女の殺意論じて糸を繰るごとく牛肉麵《ニョウロウミエン》食べつくしたり

みちのくの安達ケ原にこもるごと地獄の谷に生きるわれなり

台湾にてホッカイロ腰に貼りながら雪にはだかの福島を思ふ

凍える手

ブラジルの新聞に FUKUSHIMA 作業員の求人広告けふも出てゐる

一日二時間三万円と大書して日系人に呼びかけてをり

防護服は夏と変はらずジャンパーも下に着込めず裸のごとし

防護服紙のごときを着てあゆむ雪のなかただ震へるばかり

ゴム手袋二枚の下に軍手はめそれでもかじかみやまぬ廃炉よ

悴む手擦りても擦りても温もりは生まれずスパナを取り落としたり

ネバーギブアップと書かれた壁の字も薄れゆくなり雪の向かうに

三千人の手が凍えをりオレンジ色の汚染水ホース持ち上げられず

これもまた自腹なれどもホッカイロとヒートテックが命づななり

椰子の実に寒さ暑さを嘆きつつぬけぬけと息をしてをりわれは

手の届かぬ闇をぬるぬるぬる刃で剝きてパパイヤひたす甘きミルクに

地獄谷

北投《ベイトウ》に地獄の釜のひらくときわれつひにみどりの巫女とならむか

坂道をのぼりゆくなり黒き顔と舌出す顔にみちびかれつつ

背の高き顔より赤き舌が伸びわが髪を撫づガジュマルの下

背の低き顔は扇で泣きぬれしわが頬あふぐその風ぬるし

七爺《チーイエ》と八爺《バーイエ》に手をつながれてわれはくぐらむ黄泉の扉を

われいつか地獄谷より舞ひあがる湯気になるたはやすく重たく

樹々どれもみどりしたたる谷に浮きわれは見下ろすあをき煮え湯を

われ死にてゐるはずなれどごほごほと硫黄の重き湯気にむせをり

湯気であるわれがわが身の湯気にむせわれを見下ろすこの地獄谷

濛々と湯気乱れたりわが身またひき裂かれほそくからまりあひぬ

ふいに湯へ吸ひ込まれをりあはぶくにまみれてぷはあと息をつくなり

われだけではなきはずなれど地獄の湯につかる裸のたましひ見えず

燃ゆるごとき湯のこの熱さそれよりもしんしんと冷ゆるわが身おそろし

蟻地獄のごとき谷底われひとりほかには死者のをらぬ谷底

池の辺のたわわに蝟集する影よあれこそ死者のあをき群れなり

死者たれも陰廟に背を向けたまま木の柵にもたれ柵を越え得ず

たれもスマホを夢中で見つむ紅白のボールこすりてわれに投ぐるぞ

紅白のボールよけつつやすやすと中元に浮くゆげなりわれは

われはいかなるポケモンなるやいづれ人語うしなひし水の精であるらむ

死者のむれよ暗き笑ひを浮かべつつ湯気に巻かれて消えゆくあはれ

ぞくぞくと到着しては消えてゆく死霊らよ死にたることも知らずに

みなどこへ消えむとするか地獄谷の湯気なるわれに絞め殺されて

熱すぎる湯をさまさむよ谷底をうすあをく透ける空へもちあげ

ぐつぐつと煮えたぎる湯をかきわけてクハズイモの咲く岸にのぼりぬ

目白押しの死霊のむれに入り進む血桐の樹の赤き血あびて

浮き沈む身を叱咤して石段のうへの祠にひとりたちたり

すきとほるてのひら合はせ祭壇に自我偈読むひどくふるへる声で

「自我得佛來《じがとくぶつらい》」とささやくときすでに煮えたつ翡翠を包みはじめぬ

鬼の湖煮えたぎるまま手に載せて拝むなり硫黄の湯気にむせつつ

われは鬼のみづうみとなりすきとほるてのひらのうへにまだむせてゐる

われが乗る手はたれの手かなにひとつ知らぬままわれは冷えてゆくなり

われ冷えてしづくとなりて雨降らす雨降ればつひに雨なりわれは

エメラルドの夜

宇宙より美しき島《フォルモサ》あをき台湾を眺むるはたれぞ島には雨が

雨粒に尾が生え三本指が生えその爪がにぎる水晶の玉

長き尾がみなもうちたり玉を抱く巨《おほ》きな影が自《し》のかをり嗅ぐ

龍われはうろこ散らして身をよぢりエメラルド色の夜につかるなり

あとがき

これは私の第七歌集である。四百十四首を収めた。

台湾大学で一年研究をすることになり、その下見のために初めて台湾を訪れた。独学で少し台湾中国語（北京語に近い）を勉強したのだが、まったく通じない。入国手続きの指紋検査は初めてのことで、片手でいいのかと思ったら、女性係員に叱られてしまった。三か月後にまた下見で入国した時は、モニターが置かれて丁寧なアニメーションによる説明があり、わかりやすいので驚いた。三度ほど下見に行ったのだが、そのたびに様々な変化がある。変化していくものを歌でつなぎとめておきたいと思った。例えば現在では、桃園空港から地下鉄で台北駅まで行けるのだが、昨年まではバスしかなかったのである。

結局、ほとんど準備も出来ないままに、とうとう台北に赴任することになった。言葉が理解できないので、漢字を頼りにした綱渡りのような生活が始まる。台北の北のはずれにある新北投という温泉のある街が気に入って、そこに住むことにした。新北投から台湾大学まで一時間かかる。メインストリートが大王椰子の並木で、正門から奥の図書館までたどり着くのに十五分かかった。とにかく広かった。

このように、土地の人にとっては当たり前のことに対して、子供のようにいちいち驚く五十代の日本人の姿を描く歌集がこれである。少し慣れて台中や台南、高雄などを訪れた時の経験は、まだここには収めていない。私と台湾という国との最初のかかわりを、まず記録しようとしたのである。シンプルな歌を寄りそわせ、全体で一つの物語になっている。とるに足らぬ一人の中年の男の心の震えを、わずかでも受け取っていただければ幸甚である。

台湾の寺社仏閣を訪れると、龍があふれていた。空にも龍の雲が浮かんでいた。自分は海を渡って、龍に会いに来たのだと思った。この歌集は、台湾で出会うことのできた多くの龍たちに心から感謝を捧げる一書でもある。いつも私を濡らしてくれた台湾の雨にも、感謝をささげたい。

いつもご指導をいただいている馬場あき子先生、そしてこの台湾歌集の上梓をお待ちくださった歌友の皆様には、とりわけ厚くお礼を申し上げる。私の要望にお応えくださった書肆侃侃房の田島安江様を始めとする皆様にも、重ねて謝意を表したい。

二〇一八年八月一日

日置俊次

■著者略歴

日置俊次（ひおき・しゅんじ）

1961年、岐阜県生まれ。東京大学文学部卒業。サンケイ・スカラシップ奨学生、フランス政府給費留学生に選ばれ、フランスへ留学。東京大学大学院を経て、東京医科歯科大学に専任講師として着任。日本学術振興会海外特別研究員に選ばれ、再び渡仏。パリ大学にて研究に従事。現在、青山学院大学文学部教授。在外研究員として、台湾大学で研究に従事。馬場あき子に師事し、歌誌『かりん』編集委員。第一歌集『ノートル・ダムの椅子』で第50回現代歌人協会賞受賞。東京都在住。

かりん叢書336番

ユニヴェール8

地獄谷

二〇一八年九月十日　第一刷発行

著　者　日置俊次
発行者　田島安江
発行所　株式会社 書肆侃侃房（しょしかんかんぼう）
〒八一〇-〇〇四一
福岡市中央区大名二-八-十八-五〇一
TEL：〇九二-七三五-二八〇二
FAX：〇九二-七三五-二七九二
http://www.kankanbou.com info@kankanbou.com

DTP　黒木留実（BEING）
印刷・製本　アロー印刷株式会社

©Syunji Hioki 2018 Printed in Japan

ISBN978-4-86385-336-2　C0092

落丁・乱丁本は送料小社負担にてお取り替え致します。
本書の一部または全部の複写（コピー）・複製・転訳載および磁気などの記録媒体への入力などは、著作権法上での例外を除き、禁じます。